DANIE[illegible]
Y EL
DINOSAURIO

Escrito e ilustrado por SYD HOFF

Traducción de Teresa Mlawer

LECTORUM
PUBLICATIONS, INC.
205 Chubb Ave, Lyndhurst, NJ 07071

DANIELITO Y EL DINOSAURIO

Originally published in English under the title
DANNY AND THE DINOSAUR

Published by agreement with Scott Meredith Literary Agency, Inc.,
845 Third Avenue, New York, NY 10022

ISBN-13: 978-1-933032-38-2
ISBN-10: 1-933032-38-3

Printed in the United States of America

DANIELITO Y EL DINOSAURIO

Un día Danielito
va al museo.
Quiere ver qué
hay allí adentro.

Ve indios,

osos

y esquimales.

Ve armas de fuego,

espadas

y…

¡DINOSAURIOS!

Danielito adora
los dinosaurios.
¡Le encantaría tener uno!

—Cuánto siento que no sean de verdad —dice Danielito—. Sería divertido poder jugar con un dinosaurio.

—A mí también me gustaría jugar contigo —dice una voz.

—¿Puedes? —pregunta Danielito.

—¡Claro que puedo!

—contesta el dinosaurio.

—¡Qué bueno! —dice Danielito—.

¿Qué podemos hacer?

—Puedo llevarte de paseo
—dice el dinosaurio.
Y baja la cabeza
para que Danielito se suba.

—¡Vamos! —dice Danielito.

Un policía los mira asombrado.
Nunca ha visto un dinosaurio
detenerse ante un semáforo.

El dinosaurio es tan alto que Danielito tiene que alzar las cuerdas de tender la ropa para que éste pueda pasar.

—¡Cuidado! —grita Danielito.

—¡Guau, guau! —ladra un perro que los persigue.

—Él cree que eres un auto —dice Danielito—. ¡Fuera de aquí, no somos un auto!

—Puedo hacer el mismo sonido

que hace un auto

—dice el dinosaurio:

Piii Piii Piii

—¡Qué rocas tan grandes y bonitas!

—dice el dinosaurio.

—No son rocas

—contesta Danielito—.

Son edificios.

—¿Puedo treparme?

—pregunta el dinosaurio.

—¡No, no puedes! —dice Danielito.

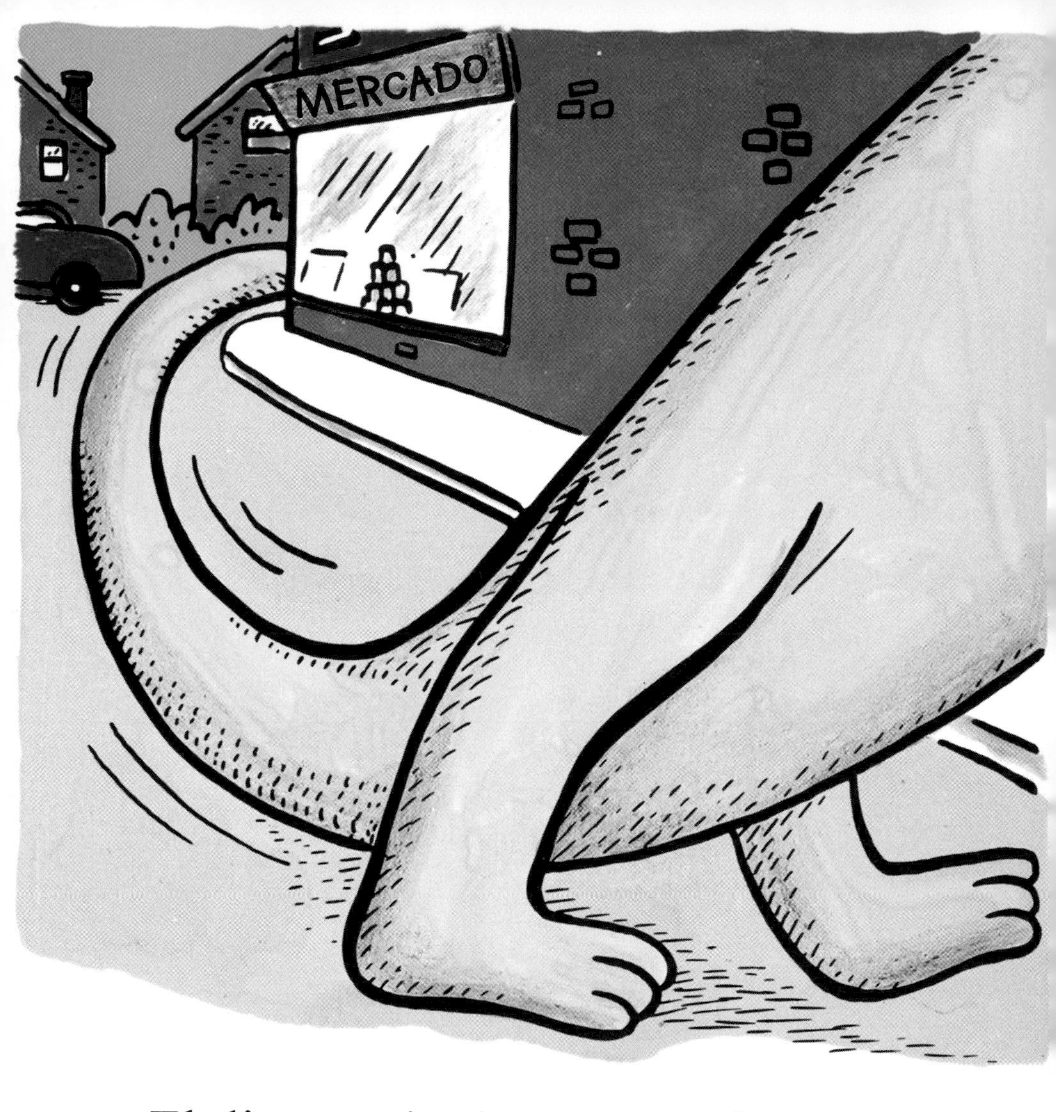

El dinosaurio tiene que andar
con mucho cuidado para no derrumbar
las casas y las tiendas
con su larga cola.

Algunas personas que esperan
el autobús
suben a la
cola del dinosaurio.

—Todos los que quieren
cruzar la calle
pueden hacerlo sobre mi lomo
—dice el dinosaurio.

—Eres muy amable

—le dice una señora.

Danielito y el dinosaurio
pasean por toda la ciudad
y se divierten mucho.
—Qué bueno es poder
salir a pasear un rato
después de cien millones
de años —dice el dinosaurio.

Van a un juego de béisbol.

—¡Dale a la bola!

—grita Danielito.

—¡Batea un jonrón!

—grita el dinosaurio.

—¡Qué bueno sería si tuviéramos
un bote! —dice Danielito.
—¿Para qué necesitamos
un bote? Yo puedo nadar
—dice el dinosaurio.

—¡Puuu, puuu! —suenan
las sirenas de los barcos.
—¡Puuu, puuu!
—imitan Danielito y el dinosaurio.

—¡Qué césped tan verde
y tan bonito! —dice el dinosaurio—.
Hace muchos años que
no pruebo el pasto.
—¡Espera! —grita Danielito—.
Mira lo que dice el letrero.

POR FAVOR
NO PISAR
EL CÉSPED

Deciden tomar un helado.

—Vamos al zoológico a ver
los animales —dice Danielito.

Todos corren a ver
el dinosaurio.

Nadie se acerca
a ver los leones.

Nadie se detiene
a mirar los elefantes.

Nadie quiere contemplar
los monos.

Y nadie pasa a ver
las focas,
las jirafas,
ni los hipopótamos.

—Por favor, váyanse para que
los visitantes puedan ver
los animales —grita el guardián
del zoológico.

—Vamos a buscar a mis amigos
—dice Danielito.
—Me parece muy bien
—dice el dinosaurio.

—¡Allí están!

—grita Danielito.

—¡Miren, es Danielito montado

sobre un dinosaurio!

—gritan los niños—.

Quizás nos dé un paseo a nosotros.

—¿Podemos dar un paseo?

—preguntan los niños.

—Desde luego

—contesta el dinosaurio.

—Sujétense bien

—dice Danielito.

El dinosaurio corre alrededor de la manzana una y otra vez, cada vez más rápido.

—¡Es mejor que un tiovivo!

—exclaman los niños.

El pobre dinosaurio
apenas puede respirar.
—Enséñale algunos trucos
—le dicen los niños a Danielito.

Danielito le enseña a dar la mano.

—¿Puedes dar una voltereta?

—le preguntan los niños.

—Eso es fácil —dice el dinosaurio.

—Es muy inteligente —dice Danielito, mientras lo acaricia.

—Juguemos al escondite —dicen los niños.

—¿Cómo se juega? —pregunta el dinosaurio.

—Nosotros nos escondemos y tú nos buscas —dice Danielito.

El dinosaurio se tapa
los ojos.

Los niños corren

a esconderse.

El dinosaurio los busca
por todas partes pero no
puede encontrarlos.
—Me rindo —dice al fin.

Ahora le toca al dinosaurio esconderse.

Los niños se tapan los ojos.

El dinosaurio se esconde
detrás de una casa.
Pero los niños lo ven enseguida.

Se esconde detrás
de un letrero gigante.
Pero los niños
lo descubren.

Se esconde detrás
de un tanque de gasolina.
Pero los niños lo encuentran.
Lo encuentran una y otra vez.

—No creo que haya un sitio
donde yo pueda esconderme
—se lamenta el dinosaurio.
—Finjamos no encontrarlo
—sugiere Danielito a sus amigos.

—¿Dónde estará? ¿Dónde podrá haberse escondido?
Nos damos por vencidos
—dicen los niños.

—¡Aquí estoy!
—grita el dinosaurio.

—¡Ganó el dinosaurio!

—gritan todos a la vez—.

No pudimos encontrarlo.

Es más listo que nosotros.

¡Que viva el dinosaurio!

—gritan los niños—.

¡Bravo! ¡Bravo!

Llega la hora de marcharse
y los niños se despiden.
Danielito y el dinosaurio
se quedan solos.
—Adiós, Danielito
—le dice el dinosaurio.

—¿Por qué no vienes y te quedas
conmigo? —pregunta Danielito—.
Así estaríamos siempre juntos.
—No puedo —dice el dinosaurio—.
Lo he pasado muy bien.
Hace cien millones de años
que no me divierto tanto.
Pero debo regresar al museo.
Allí me necesitan.
—Lo siento —dice Danielito—.
Adiós, amigo.

Danielito se queda mirando
hasta que la cola del dinosaurio
desaparece.

Entonces da la vuelta
y regresa a casa solo.

"Qué le vamos a hacer", piensa Danielito.
"De todas maneras, no tenemos sitio
para una mascota tan grande.
Aunque de veras pasamos un día
¡INOLVIDABLE!".